青少年成长教育读本

启智教育读本

李昕泽 ◆ 编著

吉林人民出版社

图书在版编目(CIP)数据

启智教育读本 / 李昕泽编著. -- 长春:吉林人民出版社,2012.5
(青少年成长教育读本)
ISBN 978-7-206-09041-7

Ⅰ.①启… Ⅱ.①李… Ⅲ.①科学知识-青年读物②科学知识-少年读物 Ⅳ.①Z228.2

中国版本图书馆CIP数据核字(2012)第112099号

启智教育读本
QIZHI JIAOYU DUBEN

编　　著 : 李昕泽	
责任编辑 : 郭雪飞	封面设计 : 七　洱

吉林人民出版社出版 发行(长春市人民大街7548号 邮政编码:130022)
印　　刷 : 北京市一鑫印务有限公司
开　　本 : 670mm×950mm　1/16
印　　张 : 9.75　　　　　　　字　　数 : 70千字
标准书号 : 978-7-206-09041-7
版　　次 : 2012年7月第1版　　印　　次 : 2021年8月第2次印刷
定　　价 : 35.00元

如发现印装质量问题,影响阅读,请与出版社联系调换。

目　录

机灵篇

王戎识李 ……………………………………………… 1

曹冲称象 ……………………………………………… 2

镜烧敌船 ……………………………………………… 4

王冠揭秘 ……………………………………………… 7

"困"与"囚" …………………………………………… 10

一言为定 ……………………………………………… 11

阿豺折箭 ……………………………………………… 12

牧童和狼 ……………………………………………… 13

望梅止渴 ……………………………………………… 15

司马光救溺童 ………………………………………… 16

田忌赛马 ……………………………………………… 18

藏使解难	19
以桃杀士	22
水土异地	25
以假乱真	27
悬羊击鼓	28
一言越境	29
丢盔免难	30
音乐退敌	31
气人病除	32
请君入瓮	33
鹦母鹦父	35
令人生疑	36
蒿箭诱敌将	37
哭声辨奸	38
道人除蝇计	41
空城却敌	42

随机应变 ……………………………………	44
凭举止辨才 …………………………………	46
名画见真知 …………………………………	48
令敌自辱 ……………………………………	50
纪昀戏乾隆 …………………………………	51
料敌逃遁 ……………………………………	53
烧猪验尸 ……………………………………	56
摸钟辨盗 ……………………………………	57
一磅肉 ………………………………………	58
破粪辨证 ……………………………………	61
比丸释误 ……………………………………	62
晏子责君 ……………………………………	63
不平则鸣 ……………………………………	64
铁杵磨成针 …………………………………	65
王冕学画 ……………………………………	66
壶盖会动的秘密 ……………………………	67

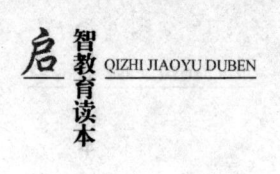

物理篇

不寒而栗 69

沧海桑田 70

海市蜃楼 71

老马识途 72

囊萤照读 74

蝙 蝠 75

两小儿辩日 76

月亮做证 77

河中石兽 80

蜘蛛与战争 82

荆花杀人 84

鲁班与锯 86

地球引力 88

磁石吸敌 90

洞中取球 ………………………………… 93

蚂蟥医疮 ………………………………… 95

蝴蝶迷敌 ………………………………… 97

曹绍夔捉妖 ……………………………… 99

怪　雨 …………………………………… 100

愚顽篇

愚人食盐 ………………………………… 101

截竹竿 …………………………………… 102

罚吃肉 …………………………………… 103

硬充好汉 ………………………………… 104

偷肉 ……………………………………… 106

夫人属牛 ………………………………… 107

让他猜 …………………………………… 108

郑人买履 ………………………………… 109

刻舟求剑 ………………………………… 110

赵人患鼠 ………………………………… 111

青蛙和牯牛 ……………………………… 112

掩耳盗铃 ………………………………… 114

拔苗助长 ………………………………… 115

画蛇添足 ………………………………… 116

王皓找马 ………………………………… 118

守株待兔 ………………………………… 119

瞎子问日 ………………………………… 120

邯郸学步 ………………………………… 122

滥竽充数 ………………………………… 123

鹬蚌相争 ………………………………… 125

自相矛盾 ………………………………… 127

东施效颦 ………………………………… 128

螳螂捕蝉 ………………………………… 129

杯弓蛇影 ………………………………… 130

州官放火 ………………………………… 132

胡须风波 ·················· 133

错杀爱犬 ·················· 135

工匠搬家 ·················· 136

农夫与僵蛇 ················ 137

公鸡和珍珠 ················ 138

狼和小羊 ·················· 139

狼来了 ···················· 141

对对子 ···················· 143

盲目的结果 ················ 144

做游戏吧	133
借东西的人	135
门后藏谁	136
木头上的题	137
公路划危险	138
卖袜小女	139
我来了	141
我来了	142
相同的结果	143

机灵篇

王戎识李

晋代的宰相王戎，小时候就有见识。

七岁的时候，有一天，王戎和一帮小朋友去玩。突然，发现路边有一棵李子树，树上结满了李子。小朋友一窝蜂地向李子树跑去。只有王戎没去，有人路过这里，见此情景，感到十分奇怪，便问王戎说："你为什么不跟他们去呢？"

王戎说："那是苦李！"

那人问："你怎知是苦李？"

王戎说："如果这李子是好吃的，长在路边结那么多果，早被过路的人摘光了，还等我们去摘吗？"

那人摘来一尝，果然是苦的。

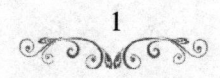

曹冲称象

曹冲是三国时曹操的小儿子，他自幼十分聪明。

曹冲五六岁的时候，智力就像成年人一样。当时，东吴的孙权送给魏国一只大象，曹操从来没见过这种庞然大物，十分好奇，想知道它到底有多重。那时没有称巨物的称，他就问大臣，怎样才称出大象的重量。大臣们一个也想不出办法来。

站在一旁看热闹的曹冲，却满有把握地说："我有办法！"大臣们哪里相信一个乳臭未干的娃娃呢，大家以为他闹着玩。但曹冲却一本正经地说：

"现在先把大象牵进一只大船里，在大船的吃水线上划道记号。然后把大象拉出来，又把石头搬到船上，直至船的吃水线与象在船上时的一样，再称出这些石头的总重量，那就得出大象的体重了。"

大臣们听他这么说，大家无不拍手称奇，曹操听了，也格外高兴。

于是，按照曹冲的做法，结果知道了大象的重量。

镜烧敌船

公元前213年，罗马帝国派大批战船开进地中海和西西里岛，想征服叙拉古王国。

那一天，晴空万里，阳光灿烂，阿基米德和国王站在城堡上观察着海面。远处那一只只露出一些桅顶的罗马战船慢慢地越变越大。

叙拉古国与罗马几经水战，都被打得大败，只有城堡中很少兵力了，此时，国王把希望的目光投向阿基米德，询问道："听说您最近叫人做了很多大镜子，这里面有什么名堂？"

阿基米德朝遥远的敌船一指说："只要我们把罗马的战船消灭掉，他们就彻底失败了。而今天，他们灭亡的日子就要到啦，因为我们有太阳神助威。"

国王说："您一向不信神，怎么今天倒对太阳神这么感兴趣？"

阿基米德认真地对国王讲述一番，国王听了将信将疑，最后点点头说："那么，就照您所说的试试吧。"

阿基米德让传令兵通知几百名士兵，搬来几百面聚光镜。大家在阿基米德的指挥下，往一艘艘敌船的白帆上反射去。不一会儿，敌船上的白帆冒出缕缕青烟，海风一吹，"呼"地起了火，火势越来越大。

罗马侵略者狂叫起来，纷纷往海里跳，有的被烧死，有的被淹死。后面的战船以为叙拉古人施了什么妖术，吓得连忙调转船头逃窜。

叙拉古国王兴奋地问阿基米德："您这些镜怎么真能向太阳神借来火呢？"

阿基米德说："这镜子是凹面的，它反射出的阳光能聚集到一点，这叫焦点，焦点的温度非常高，从焦点发出的光，射到易燃物上，就能点着火。不过，假如没有太阳的帮忙，我们是无法取胜的。"

王冠揭秘

地中海的西西里岛上的叙拉古王国的国王，叫金匠做了一顶纯金的王冠，漂亮极了。可大臣却窃窃私语："谁知道是不是纯金的。"

国王听了这种议论后，就叫人把王冠称了一下，发觉王冠和交给金匠的金子一样重，没法辨别王冠里面有没有含别的金属。国王就把聪明的阿基米德召来，让他弄个水落石出。

面对这顶做工精致的王冠，阿基米德不禁犯起愁来，他左思右想，一连好几天，都想不出办法来。

一天，他在浴室里洗澡，浴盆里放了一大盆水。阿基米德坐下去，忽然觉得浑身轻飘飘的，身子浮动着，盆里

的水哗哗地溢了出来。

这个现象，忽然触动了他的灵感，他高兴地从浴盆里跳出来，大声喊道："我知道啦！我知道啦！"

咦！这老头疯了吗？瞧，他浑身上下一丝不挂。其实，阿基米德没有疯，他解开了一个重要的秘密，一时有点忘乎所以。

当阿基米德发觉大家在一旁嘲笑他，低头一看，才知道自己赤裸着身子。马上回屋胡乱地穿上一套衣服，进王宫去了。

他给国王做了一个实验，并断定说："这顶王冠里含有其他金属！"

国王问："为什么？"

阿基米德说："从实验可知，金子重，体积小，排出的水也少；银子轻，体积大，排出的水量多。如果王冠是纯金的，那么它跟重量相等的纯金块，体积应该一样大；放进水罐子里溢出来的水多，说明王冠不是纯金的。"

国王忙派人把金匠抓起来一查问，果然是用同样重的黄铜代替，铸在金冠内层，王冠中掺假的秘密就这样被揭开了。

阿基米德从这个方法中，发现了物理学上用途极广的"浮力定律"。结果，不仅解决了王冠的问题，更重要的是，在科学上为人类作出了重大的贡献，直到今天，我们还在应用阿基米德定律呢！

"困"与"囚"

东汉时，有个名叫徐孺子的南昌人，11岁时和一位颇有学问的郭林宗交往。

有一天，他见郭林宗要砍庭院中的一棵树。徐孺子感到很奇怪，就问郭林宗："这棵树长得挺好，为什么要砍掉呢？"

郭林宗说："这院子方方的，里面有棵树，就像一个'困'字，很不吉利。"

徐孺子听了，不觉笑了起来，他随手在地上写了一个'囚'字，然后说："您看，照您的意思，如果砍掉了这棵树，人住在正方的院子里，不是更不吉利了吗？"

郭林宗尽管学问渊博，竟被徐孺子说得心服口服，最终没有把树砍去。

一言为定

战国时，商鞅在秦国实行变法革新。

当新法令制定好后，为树立新法的威信，于是，商鞅叫人在国都咸阳的南门立了根大木头，公布说："谁能把这根木头搬进北门，就赏给他十两金子。"

大家感到奇怪，没有敢动。商鞅又把赏金提高到50两。

有个人将信将疑地去搬了，果然如数得到赏金。人们这才相信，商鞅说话是算数的。商鞅随后就颁布了新法令。新法令的施行，大大地推动了秦国社会各项事业的变革，使秦国由弱国开始变为强国。

阿豺折箭

吐谷浑的首领阿豺有20个儿子。一天,阿豺对他们说:"你们每人给我拿一支箭来。"他把拿来的箭一一折断,扔在地下。

过了一会儿,阿豺又对他的同母弟弟慕利延说:"你拿一支箭把它折断。"慕利延毫不费力把它折断了。阿豺又说:"你再取19支箭来把它们一起折断。"

阿豺意味深长地说:"你们知道其中的道理吗?单独一支容易折断,聚集成众就难以摧毁了。只要你们同心协力,我们的江山就可以巩固。"

牧童和狼

两个牧童进山，走到一个狼窝跟前，发现窝里有两只小狼。两人商量了一下，便一人捉了一只，各自攀上一棵大树，彼此相距几十步。

一会儿，大狼回来，进到窝里不见小狼，显得十分惊慌。这时，一个牧童在树上拧小狼的蹄子和耳朵，故意让小狼啼号，大狼听到后，循声仰望，怒不可遏，疯狂地扑到树下，一边咆哮，一边在树干上乱爬乱抓。

另一个牧童，在另一棵树上也拧得小狼呜呜叫，大狼听到后，又循声回顾，这才发现还有一只小狼也被捉到树上，立刻丢开这个赶到那棵树下，和先前一样又是一阵咆哮爬抓。

前一棵树上的小狼再叫起时,大狼又返奔过去。就这样,大狼不住气地咆哮着,不停地奔跑着,不断地抓爬着,来来回回几十次。后来,它的脚步越来越慢,叫声越来越弱,接着便气息奄奄地倒在地下,直挺挺地躺在那里抽搐,过了些时候,终于一动也不动了。两个牧童下树一看,这只大狼已经断气死了。

望梅止渴

三国时期，曹操领兵征讨张绣，一连走了几百里旱路。此时，正值盛夏，骄阳似火。士兵们渴得口焦舌燥，个个显得有气无力，士气十分低落。

曹操心里很着急，可一时没有办法。走着走着，前方出现了一片树木的影子，曹操望见林子，急中生智，只听他朝士兵们大喊一声："快看呀！前面有一大片梅林，结满了青梅，又甜又酸！"士兵们一听，顿时腮帮酸了，嘴里直流口水，大家精神倍增，努力向前奔走而去。

待到那片树一看，哪来的梅子啊！那不过是片灌木丛罢了。但是，由于刚才曹操那句话，士兵们的口渴都给止住了，于是，这支队伍按时达到了预定的目的。

司马光救溺童

司马光是宋朝著名的史学家。他编撰的史学巨著在中国历史上有着深远的影响，同时，他勇敢救溺童的事迹，在中华民族的历史上也广为流传。

小时候，司马光和一群小朋友在院子里玩耍，大伙玩得很痛快。忽然听到"扑通"一声，一个小朋友掉到水缸里了。

这水缸又高又大，里面装满一缸水。小朋友们见自己的小伙伴掉进水缸里，个个都给惊呆了。有的吓哭了，有的吓跑了，只有司马光没有哭，也没有跑，此时，他正想叫大人来救溺童，才跑出院子，他却马上又立住了脚，原来他在看中了一块石头。

司马光抱起那块石头，连忙跑回院子里，向着水缸用力砸去，只听"喀嚓"一声，水缸给砸了一个大洞，水从洞里哗啦地流了出来，一会儿就流光了，掉进水缸里的小朋友也得救了。

司马光救溺童的故事，很快传遍了东京、洛阳一带，大家都称赞司马光是个勇敢、聪明的孩子。画家们还把他救人的事迹画成画，题名为《小儿击瓮图》。

田忌赛马

战国时期，齐国大将田忌经常和齐威王及宫廷的公子们押赌赛马。田忌的马老是跑不过齐王的马，输掉了不少钱。后来，他听从孙膑的指点，胜了齐威王。

孙膑看到那些马的足力，相差并不远，于是对田忌说："用您的下等马跟威王的上等马比，用你的上等马跟威王的中等马比，用您的中等马跟威王的下等马比。"

田忌按照孙膑的方法和齐威王比赛，当威王的上等马与田忌的下等马比赛时，田忌的马落后了一大截，观众都捧腹大笑，田忌输了一千金。

但当威王用中等和下等马跟田忌比赛时，田忌都获得了胜利，反而多赢了一千金。

藏使解难

唐朝时，西藏王松赞干布，听说唐太宗的女儿文成公主既漂亮又能干，于是派大臣东赞去求婚。这时，印度、波斯等好多国家也派了使臣到唐朝求婚。

唐太宗决定让求婚的使臣们比赛智慧，他说："哪个最聪明，就把公主许配到他们那里去。"

开始，唐太宗叫人牵来100匹马驹，100匹母马，叫使臣们找出哪匹马驹是哪匹母马生的。别的使臣都把毛色相同的马驹与母马分在一起，结果都错了。东赞却不是这样，他先把马驹与母马分开关起来，隔了一夜，才把母马一匹一匹地放到马驹中去，马驹一见自己的妈妈来了，连忙扑上去吃奶，就这样一匹匹地放，一匹匹地找，最终全部分了

出来。

接着，唐太宗再出一道难题：他叫人找来一根两头削得一样大，又一样光滑的檀香木，问使臣们，哪一头是根，哪一头是梢。使臣们没有一个能够答得出来。东赞用一条绳拴在檀香木的中央，然后把它放在花园的池塘里，他指着下沉的一头说："那下沉的一头是根，这浮着的一头是梢。"唐太守连连点头。

最后，唐人宗在使臣们面前放一块巨大的玉石，要他们把上边一个洞眼用线穿起来。这个洞眼很小，再说，从这头到那头，要经过一条曲而长的孔道。使臣们一个个试着穿，怎么也穿不过去，东赞也在一边感到为难。忽然他见地上有一只蚂蚁在蠕动，于是，他心生一计，他把丝线拴在一只蚂蚁的腰上，然后把它放到孔眼上去，他向着孔眼慢慢吹气，又在孔眼的另一头，放了些蜜糖，那蚂蚁就扭动着腰肢，努力地向前爬着。就这样，把丝

线穿了过去。

唐太宗见三道难题都让东赞解了出来，就答应把文成公主嫁到西藏去了。

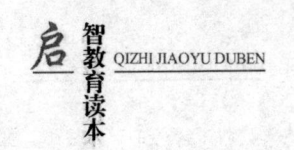

以桃杀士

春秋时代，齐国有个贤臣叫晏婴，他是齐灵公、齐庄公和齐景公三朝的元老。晏婴为人正直，又足智多谋，因此，深受人们的敬重。

当时，齐景公手下有三名勇士，他们是公孙接、田开疆和古冶子。这三个人虽然有勇力，但却恃勇而骄横，简慢而无礼，这样的人留着迟早会出乱子的。

齐景公很想把他们除掉，但怕手段激烈了，会发生变故，担心他们三人合力抗拒，难以对付。于是他请晏婴商量对策。

晏婴说："这三人都是有勇无谋之人，不晓得长幼的礼节。大王只要使人送二个桃子，告诉他们：有功的，可以食桃。使他们三人自相残杀。"

景公按晏婴的计策行事。

公孙接第一个跳起来，拿了个桃子，说："我曾经跟随大王去打猎，要不是我，大王早被猛虎害了，论功劳，应该有我的一份。"

田开疆说："我曾好几次率兵击退了敌人的大军，论功劳，也应该有我的一份。"说完，也拿了个桃子。

古冶子看到两个桃子都被抢光了，大为恼火，破口大骂起来："呸！你们算什么东西！想起我老古曾经跟随大王渡河，当时有只大鳖咬住了大王的坐骑，我纵身水里，顺着水流九里多才把大鳖杀了。当时，我左手抓住马尾，右手提着鳖头，从河里一跃而出，大家还以为是河伯出现呢！论功劳，你们还算得了什么？快把桃子还我！"说完，把剑拔了出来，摆开了架势。

公孙接和田开疆哪里肯还。后来，公孙接叹了口气，他说:"罢了!罢了!如果论起功劳,我当然比不上你,我若把桃子吃了,显得我太贪了;反过来,我若把桃子还了,也未免太没种了。唉!我真是进退两难了,不如死了吧!"说完,拔剑自杀了。

田开疆看到公孙接死了,也跟着拔剑自杀了。

古冶子看到两个朋友竟然为他而死,他说:"我若独自活下去那就是不仁,一定会被天下人耻笑,这样活着,还有什么意思呢?"于是,也自杀而亡。

齐景公下令以士礼来安葬他们三人。

水土异地

晏子将要出使楚国，楚王听到这个消息，就对左右大臣说："晏婴是齐国一个能言善辩的人，如今要来我国，我想羞辱他一番，用什么办法好呢？"

左右大臣向楚王献了一个计策，楚王听着连连点头称妙，得意异常。

不久，晏子来到楚国，楚王为晏子设了丰盛席，在宾主正当畅饮之时，两个小吏捆着一个人走到楚王面前。

楚王故意问："捆着的是什么人？"两个小吏回答说："是个齐国人，因偷盗犯了罪。"

楚王转过脸来，望晏子说："齐国人生来就喜欢偷盗吗？"

晏子离开席位，走到楚王面前说："我听说，橘树生长在淮河以南，就会结出橘子；如果生长在淮河以北，就会结出苦涩的枳子。这两种树的叶子很相似，但果实的滋味却大不相同。为什么这样呢？因为水土不同啊！现在捉到这个人，生活在齐国的时候并不偷盗，来到楚国却偷盗起来，岂不是楚国的水土容易使人变成小偷吗？"

楚王听了，尴尬地笑道："贤明的人真是不可戏弄啊！我反而自讨没趣了！"

以假乱真

唐朝安史之乱时，安禄山的部将令狐潮率兵包围了雍丘城，城里守将张巡困守孤城。

在外无救援，内难应战的危急关头，张巡想出了一条破敌的妙计：

他命令士兵扎了1000多个草人，都披上黑衣，用绳子拴着，乘着夜幕往城墙下吊。令狐潮的士兵以为有人坠城突围，乱箭齐发，使张巡赚得了几十万支箭。

后来，张巡叫士兵乘黑夜坠城下去，令狐潮的士兵又以为是"草人借箭"，远远望着发笑，毫无战斗准备。结果，坠下的500名士兵，直冲令狐潮军营而来，杀了它一个措手不及。

悬羊击鼓

公元 1206 年，宋将毕再遇与金兵对垒，金兵不断增援，宋军兵少难敌，便决定退兵。

在金兵对峙中，宋军军营一天到晚鼓声不断。如果撤退，营中断了鼓声，势必被敌人发觉。

毕再遇为了欺骗敌人，安全撤军，想出了一个悬羊击鼓的计谋。他叫士兵弄来了一些羊和鼓，傍晚，把羊倒吊起来，让羊的两只前蹄抵在鼓面上。羊被吊得难受。便使劲挣扎，两只前蹄在鼓面上不停地乱动。羊蹄敲响了战鼓，金兵只觉得宋营如往日一样严阵以待，就这样，毕再遇指挥宋军，在一片鼓声中悄然撤退了。可金军仍在调兵，一直过了好几天，金兵都没有发觉。等到发现了上当，宋军早已远走了。

一言越境

战国时，张丑到燕国当人质，燕王想杀他，他就逃走，到了国境的时候，却被边防官吏捉到了。

张丑就说："燕王要杀我的原因，是因为有人说我有宝珠，燕王要想得到它，现在我已经没了，而燕王不相信。一旦你抓我回去，那我就说你抢了我的宝珠，把它吞到肚子里了。燕王一定会杀了你，并且剖开你的肠肚。"

边吏听完很害怕，就放了张丑。

丢盔免难

司马懿和蜀国作战，大败而逃，蜀国大将廖化在后面跟踪追击。

途中遇到歧路，司马懿就脱下头盔丢在往东边的路上，自己往西边的路上逃去，廖化看到头盔，就往东边的路追去，最后竟被司马懿逃掉了。

音乐退敌

东晋将军刘琨，有一次在晋阳城被胡人围困住，城里的粮、箭不足，形势危急。

一天，明月当空，刘琨登上城楼，目睹孤冷的明月，想到眼前被胡人围困的孤城，又无法想到退敌之计，不禁高声啸吟。

谁知这一悲凉的啸吟，竟在胡兵中掀起了轩然的愁波。随着刘琨的一番啸吟，胡营相应传来了十分凄婉的哀叹声。

到了夜深，刘琨又叫善于奏乐的人，弹奏胡笳，胡兵听了无不唏嘘再三，情不自禁地思念起故乡来。

将近破晓的时候，胡笳声再度响起，声声直击离乡背井的胡兵的心弦，终于使围城的胡兵，自动解围而去。

气人病除

三国时，华佗是著名的神医。当时有位太守得重病已经很久了，华佗认为，对于这个太守，只有让它生很大的气，才能解除他的病。

于是，华佗在给他看病时，拿了许多钱，而不为他治疗，没多久又放下他不管，并且留下一封信，无情地辱骂他。

太守果然非常生气，派人追杀华佗，可是却追不上，已因此愤怒到极点，口吐黑血几升，忽然病好了。

请君入瓮

唐武后时,周兴阴险狠毒,办案常常罗织罪状,杀人无数。有人密告他与丘神合谋不轨,于是武后命令来俊臣办此事。

来俊臣与周兴,一边吃东西,一边共同推断其他案件的案情。

来俊臣问周兴:"囚犯多半不愿承认罪行,用什么方法可以使他们招供?"

周兴说:"这简单,找个大瓮,在四周烧炭火,叫囚犯入瓮中,还有什么事敢不承认?"。

来俊臣于是叫人找来一个大瓮,照周兴的方法烧起炭火,然后站起身来说:"朝廷有件案子,须侦讯你,请君入瓮吧!"

周兴吓得跪地叩头,承认罪状,后来被流放到岭南。

鹦母鹦父

三国时，有一天，东吴的宫殿上聚集着一群白头鸟。

孙权问臣子说："这是什么鸟？"

诸葛恪回答说："这是白头翁。"

当时，在座的人中，张辅资格是最老的，他怀疑诸葛恪在开玩笑，于是说："诸葛恪在欺骗陛下，我没听说有白头翁这种鸟名。如果有白头翁，就有白头母，陛下不妨要他去找白头母。"

诸葛恪说："有一种叫鹦母，却不见得有鹦父，陛下也不妨要张辅去找鹦父。"

张辅听了，哑口无言，孙权和大臣们听了，都哈哈大笑。

令人生疑

马超与韩遂出兵夹攻曹操。曹操想要离间他们，就用贾诩的计策，在阵前请韩遂相见。

曹操与韩遂是老相识，他们两马相交，谈了很长时间，但只畅谈京城旧事，并握手言欢。

曹操和韩遂交谈完毕，马超问韩遂所谈何事。韩遂说："没谈什么要事。"

马超于是心生疑虑，次日，曹操送信给韩遂，又多处点画篡改，就像韩遂动过手脚，马超看到更加愤怒，就与韩遂自相攻击，终于大败。

蒿箭诱敌将

唐朝张巡守睢阳，安庆绪派遣尹子琦率领十多万大军进攻睢阳。张巡策励将士固守，曾经大战 20 场。

张巡想用弓箭射杀尹子琦，只是不能认出谁是尹子琦。于是削枝蒿箭向敌人射出，中蒿箭的敌人，发现是蒿箭很高兴，认为张巡已没有箭可射了，就走到尹子琦面前报告这件事，张巡就命南霁射他，一箭射中了尹子琦的左眼，尹子琦只好率军撤退。

哭声辨奸

子产是春秋时期的名相,他处事特别机敏干练。

有一天,子产带着随从外出,忽听得一户人家传来一个女人恐惧的哭声,待他走近时,哭声越显得惊恐。子产对随从说:"这妇人一定有亲人快要死了,你们去看看。"

随从前往那户人家察看,见一男子僵僵地躺在床板上,一个女人正在痛哭。询问之后,知道那女人是死者的妻子。

子产听了随从的报告后,问:"果真是那女人的丈夫死了?"

随从回答说:"已死了约有一个时辰。"

子产立即面露怒容:"这就不近情理了。"

随从不知子产为何发怒。

子产对随从说:"快去请仵作来验尸,那男子死得蹊跷!"

不一会,随从叫来仵作,就去那户人家验尸。

在回归的路上,子产对随从解释说:"按人的常情,亲人有病则忧,临死则惧,既死则哀。我听那妇人恐惧的哭声,以为她的亲人即将死亡,谁知她丈夫已死了一个多时辰,那她为何要发出恐惧的哭声呢?"

子产继续说道:"她听到我们的脚步声,恐惧的哭声更甚了,这又说明什么呢?"

随从听了子产的话,恍然大悟说:"我明白了,那男子是她害死的。她既杀死丈夫,又怕外人议论,为了掩盖其杀人真相,又不得不哭。但哭声中不免流露出恐惧来,听到我们的脚步声,恐惧就更深重了。"

子产点头称是。

不一会,那女人被押来了。验尸结果,她丈夫果然在

熟睡时被她用刀子捅死，有她行凶的刀子和血染的衣服作证。

那女子不得不在事实面前服罪，但她还不知是她的哭声泄露了天机。

道人除蝇计

东汉末年，广陵太守夫人，一天发现茶杯里有只苍蝇，就疑心自己肚里也喝进了苍蝇，她越想越疑虑，觉睡不好，饭吃不下。请了一些名医，都说如果真的吃了苍蝇，当时就会呕吐出来，根本滞存不住，于是一剂药也没开。

这时西山琼林寺来了个治化道人，只投一剂药，夫人便真的吐出一只苍蝇来，从此便病体痊愈。

其实，治化道人诊断后，知道夫人确实无病，只是误认为喝了苍蝇便忧心忡忡，道人给她吃了一剂呕药，事先嘱咐她的贴身侍女在她吐出来的食物里偷偷放了一只死苍蝇，让她亲眼看到苍蝇已吐出来了，解除了她的疑虑，心病也就好了。

空城却敌

三国时,魏国大将军司马懿亲率20万大军,向蜀国进发,魏军攻占了蜀军的战略要地——街亭,司马懿随即率15万大军向诸葛亮的驻地西城进军。当时,诸葛亮身边没有大将,只有一班文官,守城军队只有2500人。

那班文官,听到消息,无不惊慌失色,在这危急的时刻,诸葛亮却神态自若,他叫士兵把军旗除下,四面城门大开,告诫士兵守住城铺,不准随便出入,不要大声说话。同时,每个城门,各叫20个士兵,扮作老百姓,洒扫街道。诸葛亮却披上鹤氅,戴着纶巾,带二个小童携着一张琴,登上城上的敌楼前,凭栏而坐,焚香弹琴。

司马懿的先遣部队来到城下,见到这种情景,不敢前进，急忙回去报告司马懿。司马懿笑着不敢相信。他叫队伍停下，亲自飞马向前，远远望去，果然见到诸葛亮坐在城楼上，笑容可掬，焚香弹琴。左右有一个小童侍侯。城门内外，有20余百姓，低头洒扫，旁若无人。司马懿看了，心中非常疑惧，马上回去命令部队，把后队当前队，把前队当后队，向北山路快速撤兵。

诸葛亮望魏军远去后，抚掌大笑起来，可是，各位文官依然惊魂未定，大惊失色。

随机应变

东汉末年,群雄并起,有奸雄之称的曹操最妒嫉的人则是刘备。刘备曾受密诏要诛杀曹操,但当时他无处寄身,正依附在曹操门下。刘备为了把自己的雄才大志隐蔽起来,他埋头种菜,装成不问天下大事的模样。但曹操对他总是不放心,千方百计地要试探他的底细。

一天,曹操设宴款待刘备,饮酒之际,曹操面色从容地问刘备,当今英雄有谁。刘备说了袁术、袁绍、刘表等人,曹操却笑着否定了,并说,夫英雄者,胸怀大志腹隐良谋,有包藏宇宙之机,吐冲天地之志,刘备忙问谁是这样的英雄。曹操用手先指刘备,后指自己说:"当今天下能够称得上英雄的,恐怕只有你、我二人了,其他自命为英雄豪杰的家伙，简直是堆破铜烂铁，不值一提！"刘备以为曹操看出自己的心思，一听此言，犹如晴天霹雳，忽然慌得连手中的筷子也拿不稳，掉落地上，终于露出了马脚。此时恰好天际雷声大作，于是他伪装被雷鸣惊吓，并向曹操解释："俗话说：'雷如果响得快，风又吹得猛烈，那一定是有灾变要发生了。'这会儿可能有什么灾变要发生了吧？"就这样，一言将刘备的惊恐之态及心机都掩饰过去了。

曹操却心里暗自好笑："我以为这小子是铁汉，天不怕地不怕，今日一见，竟被区区小雷吓破了胆，没什么了不得，没有什么了不得！"从此对刘备轻视起来。刘备避开曹操的算计之后，最终也成了天下之雄。

凭举止辨才

清朝后期，曾国藩是一个颇有影响的人物，他需要人才，必定召见面试，谈话之后，才决定是否录用。

相传有一次，曾国藩约了三个人在会客室等候召见，过了正午很久，尚未被召。一人静坐沉思，一人来回踱步，一个人脸露怒容十分不耐烦。

到了傍晚，曾国藩派人告诉他们，叫他们回家等候被用，不必见面了。这人不知何故，问曾国藩，曾国藩说："此三人在屋内时，我已观察过了，那个沉思的人，心情不畅，活得不久，但个性为人却很稳重；来回踱步的，器量胆识不凡，刚强沉着，实在是不可多得之才；那个不耐烦的，英勇果敢，一定可败敌，然而有点心急，成功之后可能会殉国,这三人都是军中所需要的人才。"

后来,经过事实证明,沉思的人是王某,年余病发,功劳不显扬。踱步的是彰玉麟,应军功建水师,官至兵部尚书,人民都诚服他,不耐烦的是江忠源,勇敢好战,常常建立军功打胜仗,进官至安徽巡抚,立即在庐州三河镇力战殉国。于是大家都佩服曾国藩有眼力,确实不同凡响。

名画见真知

我国是算盘的故乡，但算盘究竟起源于何时呢？过去，人们一直认为产生于元代，这种看法得到了我国学术界的肯定。

但是，80年代初，关于算盘起源的时间问题，国内有人提出了新的观点。我国珠算研究工作者殷长生，在对我国北宋张择端的一幅著名的社会风俗画《清明上河图》进行仔细研究以后，他发现在这幅画中的"赵太丞家"药铺的柜台上，放着一把算盘。这一发现，使殷长生大吃一惊，因为他从中得到一个考证算盘起源的重大收获。

1981年，殷长生根据自己这一发现，写出了《考察<清

明上河图>，鉴定中国算盘的产生年代》的论文，把算盘产生的年代，由元代推移到宋代，一下子提前了一个朝代。

令敌自辱

春秋末年，齐国的国相晏婴，博学多才，能言善辩。他历经齐灵公、齐庄公、齐景公三代，前后供职达56年之久，为齐国立了大功，为人民做了许多好事。

晏婴虽博学多才，办事有方，但由于身材矮小，常招一些人的蔑视。

一次，晏婴奉命出使楚国，楚王想要污辱他，不让他从大门进宫，而在旁边开一小洞，让他从小洞里进去。在这种情况下，晏婴并不提什么抗议，而是说："只有出使狗国的人，才从狗洞里进去。"

楚王听晏婴这么说，自己觉得反受污辱，他不愿自己的国家变成狗国，不得不下令大开正门，把晏婴迎接进去。

纪昀戏乾隆

纪昀是清朝乾隆时期的著名学者和大臣。一次，他和乾隆皇帝同游汨罗江。这里是战国时期楚国三闾大夫屈原自尽殉国之地。乾隆借机给纪昀出个难题。

乾隆问纪昀："君要臣死，臣应如何？"

"臣当万死不辞。"纪昀不假思索地回答。

"卿是朕的忠臣。为表露你的一片衷肠，我命你立即投水而死。"

"臣领旨。"

纪昀奔向船头，却并不跳下江去，站在船头呆呆地自言自语一番，又回身跪在乾隆面前。

乾隆责问道："如何不遵朕的旨意？"

纪昀不慌不忙地回答说："臣正要投水，三闾大夫屈原从江中跳起来骂我道："'纪昀小子，你要做千古罪人吗？当年我投水，是因为楚王昏庸，楚国即将沦亡。现在皇上英明，国家昌盛你却要投汨罗，你要将当今英主比作何人？'陛下称臣为忠臣，臣岂能罔上诬主？所以不敢投水。"

乾隆一听，畅怀大笑，不得不将他亲手扶起。

料敌逃遁

春秋时代,诸侯各国联合起来,攻打齐国,两军在平阴相遇。

齐国国君想,硬拼不行,得想个方法溜走才妥。于是,他想出了一条计策,命令手下士兵们,佯装十分卖力地在城外挖壕沟,作为抵御势,让敌人以为齐国下决心要硬拼到底。

果然各国诸侯都信以为真,纷纷在离齐国不远的地方驻兵扎营,养精蓄锐。第二天,天气阴沉,云层厚,雾气大,视线模糊,齐国趁此机会全军溜走了。诸侯国还蒙在"雾"里,根本不知道齐国已人去城空。

第三天,有一个叫师旷的人,看到齐国的城中乌鸦那么多,而且叫的声音十分快乐的样子,他马上到晋侯面前报告说:"齐军已经逃掉了!"晋侯一愣,问他何以知道,她说:"齐国的城头上有许多乌鸦,只只欢欣大叫,叫声悦耳动听,这不是表示城里没人了吗!如果有人,人来人往惊动乌鸦,乌鸦的叫声是非常急躁难听的,所以我断定,齐军昨天逃走了。"

另一个叫邢伯的人,听见齐国城内有马鸣的声音,心想不妙,于是走告中行伯说:"齐军已经逃掉啦!"中行伯问他何以知道,他说:"我听到齐国城内有马嘶鸣的声音,这是不寻常的,因为马只有在迷失方向,寻不到马群的情形下,才会嘶鸣寻伴。如今,齐国的军队一定逃走了,几只未及牵逃的马匹,在那儿苦苦哀鸣呢!"

还有一个叫叔向的人,远远看到齐国城头上有许多乌鸦群集栖息,便快马加鞭告诉晋侯说:"齐国的军队逃掉啦!"晋侯问他原因,他说:"齐国城头上,有许多乌鸦栖息,这是怪现象,因为乌鸦怕人,如果城头上有人,乌鸦怎敢栖息呢?所以齐军逃走了,整座城都空啦!"

烧猪验尸

张举,三国时吴国人,任句章县令时,有一妇女杀死丈夫,然后放火烧掉房舍,声称丈夫是被火烧死的。

丈夫家里的人怀疑,向官府告状,可是,妻子不伏法认罪。张举就叫人弄两头猪来,把一头杀死,一头让他活着,然后堆上一堆柴火,把它们都放到里面去烧。结果发现那头被活活烧死的猪口里有灰,而那头先杀了的猪,口里无灰。根据这一情况再去验尸,发现死者口里果然没灰。

经过审讯,这个妇女招供服罪。

摸钟辨盗

陈述古曾以朝官出任建州浦城县长官。

有一富民失窃，捕到数人，不知哪个是盗。陈述古谎称说："某庙有一座钟特别灵验，能够辨识盗贼。"使人迎来安放在后阁供了起来，引出囚犯们站在钟前，告诉他们说："不是盗窃的人摸着它没有声音，是盗窃的人便会有声。"

陈述古领着同事对钟进行祷告，表现得十分庄严肃穆，祭完后用幕布把它围了起来，并暗中使人用墨汁涂在钟上。

过了一会儿，引着囚犯们把手伸入幕中摸钟，出来验他们的手，都有墨，独有一个囚犯无墨，他就是真正的盗贼，是害怕钟有声音，不敢摸的。一审问便认了罪。

一磅肉

威尼斯商人安东尼奥是个热心肠的人，他借钱给人不要利息，影响了高利贷者夏洛克的生意，引起了夏洛克的满腹怨恨。

安东尼奥为了帮助朋友巴萨尼奥成婚，要向夏洛克借款 3000 元，夏洛克出于报复，提出一个非常苛刻的条件，若安东尼奥无法偿还，就在他的胸口上割一磅肉顶替，安东尼奥答应了条件，并签了约。

由于经商一再失利，安东尼奥结果无法按期偿还债款。夏洛克根据协约，起诉安东尼奥，要法庭让他从安东尼奥胸口上割一磅肉。庭长劝他宽容一些，放弃割肉的处罚，巴萨尼奥也愿意拿两倍的钱还他。但他坚持要照约处罚，并使劲地在自己的鞋口上磨起刀来，准备割一磅肉。

正当夏洛克狂妄至极的时候，巴萨尼奥的女朋友鲍西娅征得庭长的同意，以律师的身份出现在法庭上。她先要夏洛克仁慈一点，然后向他提出偿还三倍钱的问题，都遭到夏洛克的一一拒绝。鲍西娅说："好，那就照约处罚！"夏洛克听鲍西娅这么说，高兴了，他一边赞鲍西娅执法公正，一边急着想向安东尼奥割一磅肉。

鲍西娅说："那商人身上的一磅肉是你的，法庭判给你，法律许可你，但在割肉的时候，不准流一滴血，也不准割得超过或不足一磅的重量，否则，就要把你抵命，你的财产全部充公。"

夏洛克一听慌了，他连忙说："把我的本钱还给我，放我去吧！"

鲍西娅说："等一等，夏先生，法律上还有一点牵涉你，威尼斯的法律规定：凡是一个异邦人企图用直接或间接的手段，谋害任何公民，查明确有实据者，他的财产的半数应当归受害的一方所有，其余的半数没入公库，你现在正好陷入这个法网。"

破粪辨证

三国时东吴废帝孙亮，暑月游西苑，要吃生梅，使黄门用银碗加上盖，到中藏吏那里去取蜜。

黄门平素怨恨中藏吏，就将老鼠粪投进蜜中，报告说这是中藏吏办事不小心造成的，孙亮便传唤中藏吏拿了蜜瓶前来，问他说："既然是盖覆着的，从没有这个东西。黄门不曾向你求取什么吗？"中藏吏叩头说："他曾向臣下借宫席，我没给他。"孙亮说："一定是为了这个了。这事容易弄清楚。"

于是叫人破开老鼠粪，内中是干燥的。孙亮笑着说："如果老鼠粪是先在蜜中的，应当内外都是潮湿的。现在内中干燥，就是冤枉中藏吏的了。"黄门瞒不了人，只好坦白认罪。

比丸释误

　　三国时，吴国太子孙登，有一次骑马出行，忽有弹丸飞过，他的随从立刻进行搜查。

　　适巧见有一人持弓带丸，都以为就是他弹的。他声辩不承认。随从们要打他，孙登不依，使人找到飞过来的弹丸，与他所佩带的相比，不是一类，于是把他放了。

晏子责君

齐景公好射猎,叫烛邹主管禽鸟。有一天,由于管理不慎,禽鸟亡失了。齐景公大怒,下令主管官吏杀掉烛邹。

晏子知道这件事,去见齐景公说:"烛邹失职,该杀。他有三条罪状,让我一一给他指出来,谴责之后再杀他,好叫他死个明白。"景公听了正中下怀,欣然说:"可以,就照你说的办。"于是,把烛邹召到景公跟前,晏子怒气冲冲地说道:"烛邹!你犯了三大罪状:你给君王主管禽鸟而禽鸟亡失了,这是第一条罪状;使君王因为禽鸟的事而杀人,这是第二条罪状;使诸侯听见这件事,而认为我君重鸟而轻人,这是第三条罪状。"数完了烛邹的罪状,晏子就叫人杀他。景公赶紧制止说:"不要杀!我听懂你的指教了。"

不平则鸣

北宋丞相吕蒙正,河南洛阳人。早年生活穷困潦倒,对贫富不均的社会现象十分不满。春节到了,家里空无一物,他一气之下写了一副怪联:

上联是:二三四五。

下联是:六七八九。

横批是:南北。

怪联贴出来后,穷朋友们一个个来观看,先是莫名其妙,待到领悟过来,都不禁拍手称快。原来,此联的寓意是:缺衣(一)少食(十),没有"东西"。

铁杵磨成针

唐朝有一位诗人,名叫李白。他小时候,读书不用功,遇到一点困难就不愿意学习。

有一天,李白跑到河边去玩,河边有一位白发老太婆,在石头上用力磨一根铁杵。李白觉得很奇怪,便轻轻走过去问:"老婆婆,您磨铁杵做什么?"

老太婆说:"做针。"

"做针"李白更奇怪了,"铁杵能磨成针吗?"

"什么时候能磨成呢?"李白不相信,又追问了一句。

"今天磨不成,明天再磨;今年磨不成,明年再磨。只要功夫深,铁杵就能磨成绣花针!"李白听了这句话,深受教育,从此以后,他暗下决心,发愤读书,终于成了一位大诗人。

王冕学画

我国明朝初年,有位著名的画家叫王冕,小时候死了父亲。因为家里穷,王冕只念了三年书,就去给人家放牛。他一边放牛,一边找些书来读。

一个夏天的傍晚,王冕在湖边放牛。忽然乌云密布,下了一阵大雨。大雨过后,一片阳光照得满湖通红。湖里有十来枝荷花,王冕看得出神,心想,要是能把它画下来,那多好啊!

于是王冕用平时省下来的钱买画笔,颜料,又找来些纸,学画荷花。他开始画不像,可是不灰心,天天画。画了几个月,那纸上的荷花就像刚从湖里采来的一样。

壶盖会动的秘密

100多年前，英国有一位科学家叫瓦特。

他小时候，有一天，在厨房里看祖母做饭。火炉上，有一壶水开了。开水在壶里乱滚，壶盖啪啪地响，不住地上下跳动，他很奇怪，就问祖母："真奇怪！壶盖为什么会跳动？"

祖母随口说："水开了壶盖就跳动了。"

瓦特又问说："为什么水开了，壶盖就跳动？"

祖母不耐烦了，不再理他。

以后，瓦特就常常坐在炉子旁边仔细地察看。他看见水开了，壶里的水蒸气直往上冒。他想，壶盖一定是被水蒸气推动的。一壶开水发出的水蒸气，能够推动一个壶盖；

更多的开水发出更多的水蒸气不是可以推动更重的东西吗？

后来，瓦特长大了，还是不断地研究这个问题。他吸取了前人的经验，经过多次试验，终于发明了蒸汽机。

物理篇

不寒而栗

汉朝汉文帝时候，有个出名的酷吏，名叫义纵，为人十分凶残。

义纵当定襄太守时，一到任就下令杀了200多犯人，又把私入监狱探望囚犯的200多人，全部逮捕处死。史书上记载这件事时说："义纵处死400多人的消息，一传出去，定襄地区顿时引起震动，老百姓万分恐惧，个个心惊胆战，不寒而栗。"

沧海桑田

传说在东汉汉桓帝的时候,有位神仙叫麻姑。她应道士王方平的邀请,降临蔡经家里。麻姑很年轻,看上去只有十八九岁的样子。王方平感到惊奇,便问:"你多大年纪了?"麻姑没有直接回答,只是说:"自从我下凡以来,已经三次看见东海变成桑田。这次我路过蓬莱,看见海水比过去又浅了一半,或许不久又要变为平地了吧!"

海市蜃楼

　　1981年初夏，舟山群岛普陀山的一批旅游者，在仰角30度左右的空中，看到了这样的情景：普陀山东面上空，云海茫茫，忽然飞起五色瑞云，云霞中出现一座琉璃黄墙，巍峨雄壮的千年古刹。寺庙周围树木葱郁，奇峰叠翠，若隐若现，田地阡陌依稀可辨……这奇观持续了十多分钟，游人大饱眼福，无不称奇。

　　那就是迷人的海市蜃楼景象。

老马识途

春秋时期，管仲跟随齐桓公去讨伐孤竹国，占领了孤竹国的首都，收降了孤竹国大将黄花，可孤竹国国王答里呵却逃跑了。

黄花主动请命，愿为大军带路，去追答里呵。于是，在黄花的带领下，齐桓公的队伍浩浩荡荡地上路了，夜幕降临的时候，他们来到了一个叫"迷谷"的地方，只见平沙如海，一望无垠，无法辨清东西南北，齐桓公顿时慌了，连忙去问黄花，可哪儿还有他的影子呢？大伙这才知道中了黄花的诈降计。

管仲说："我听说北方有个"旱海"，是个险恶的地方，恐怕就是这儿，不可再走了。"齐桓公立即下令收军。

天黑下来，什么看不见，只听见呼呼的西北风。一夜间，士兵冻死了十几个，好不容易盼到天明，可大伙仍不知如何是好。

这时，管仲的脑子里突然闪过一个念头：狗、鸽子、蜜蜂，它们不管离家多远，总不会迷路，那么，马是否也认识旧途呢？于是他向齐桓公建议："挑几匹当地的老马，让它们在前头走，大伙跟在后头，也许能走出此地。"齐桓公说："试着看吧。"他们就挑了几匹老马，让它们领路。这几匹老马自由自在地走着，果然把大队人马带出了迷谷。

走出迷谷后，半路上遇到了孤竹国的老百姓，说是孤竹国王打败了中原人马，让他们回去。齐桓公就同管仲商议，让一部分士兵假扮孤竹国的老百姓混进城去，放起火来，大队人马则从城外杀入，一下子攻破了城池。国王答里呵和大将黄花也都被杀了。

囊萤照读

晋朝的时候，有个叫车胤的孩子，很喜欢读书。只是家里太穷，连买灯油的钱都没有，夜里怎么读书呢？

后来，他想出了一个好办法，夏天到来的时候，他跑到河边去，捉来了上百只萤火虫，向人家要了一个羊膀胱，吹得胀鼓鼓的，把萤火虫装进里面，竟成了一盏美妙的灯！车胤借着这盏"萤光灯"，就夜以继日地读书起书来。

蝙 蝠

凤凰做寿,百鸟都来朝贺,只有蝙蝠没到。凤凰谴责它说:"你是我的属下,为什么这样傲慢无礼呢?"蝙蝠说:"我有四只足,属兽类,朝贺你干什么?"

又一天,麒麟过生日,蝙蝠仍然没去,麒麟也怪罪它,蝙蝠说:"我有翅膀,属于禽类,为什么朝贺你呢?"

两小儿辩日

孔子去东方游历,路上遇见两个儿童在辩论,他俩争得脸红耳赤,谁也说服不了谁。孔子好奇地走上前去,问他们争论什么。

一个儿童说:"我以为,太阳刚出之时离人近,而到了中午离人远。"

另一个儿童说:"我认为,太阳刚出时离人远,而中午离人近。"

一个儿童又说:"太阳刚出时,大得像车上的顶篷,到了中午,小得像一个碟子。这不是远的小近的大吗?"

孔子从没想过这个问题,无法判定谁是谁非。两个儿童不禁大笑起来,说:"谁说你知识渊博呢!"

月亮做证

美国第十六任总统林肯早年当过律师，在他当律师期间，曾为一个受害人翻了一案而名扬天下。

有一次，一个名叫阿姆斯特朗的青年人，被人诬告为谋财害命，被判定了罪。

阿姆斯特朗是林肯一个已故的好友的儿子，他熟悉阿姆斯特朗为人老实忠厚，不会干出行凶杀人的事来，便主动担任了他的辩护律师。

他查阅了案卷，到现场调查，掌握了全部事实。他断定阿姆斯特朗是蒙受冤屈的，要求法庭重新审理这个案子。

林肯心知，这个案子的关键在于：诬告人收买了一个名叫福尔逊的做证人，因为他一口咬定，在十月十八日的

月光下，他在一个草堆后面，清楚地看到阿姆斯特朗开枪打死了人。

在法庭上，林肯直接质问福尔逊：

"你发誓说在十月十八日的月光下，看清的是阿姆斯特朗，而不是别人？"

"是的，我敢发誓！"福尔逊说。

林肯又问："你在草堆后面，阿姆斯特朗在大树下，两处相隔二三十米，你能认清吗？"

福尔逊断然说："看得很清楚，因为月光很亮，正照在他的脸上，我看清了他的脸。"

林肯又问："你能肯定时间在十一点吗？"

"充分肯定，因为我回到屋里看了时钟，是十一点一刻。"福尔逊毫不含糊地说。

问到这里，林肯面向大家，郑重地宣布："证人福尔逊是一个彻头彻尾的骗子！"

听到这个论断，忽然，法庭里的人都给惊呆了。有人高声质问林肯："律师说出的每句话都应有根据的，你有什么令人信服的事实，证明福尔逊是个骗子！"林肯回答说："证人发誓赌咒，说他在十月十八日晚上，在月光下看清了阿姆斯特朗的脸。可是，十月十八日那天是上弦月，十一点时月亮已经落下去了。哪里还有月光？再退一步说。月亮还没有落下去，还在西天上。月光应该从西往东照，而遮挡着福尔逊的草堆在东边，下面站着阿姆斯特朗的大树在西边，如果阿姆斯特朗脸向东边的草堆，脸上是不可能有月光的；如果下面向草堆，证人又怎能从二三十米外的草堆那里看清被告人的脸呢？"

林肯说到这里，整个法庭一片沉静。接着便骚动起来，终于爆发出雷鸣般的掌声。

林肯利用天文知识揭穿了证人的谎言，阿姆斯特朗被宣告无罪，林肯从此成了当时美国最有名的律师。

河中石兽

　　河北沧州县南面河边有一古庙。因年久失修，山门倒塌，门口的两个石狮子落入河中。十年后，庙里的和尚募捐到一笔钱，准备重建山门。他们想找回那两个石狮子，断定石狮子被河水冲到下游去了，于是便雇了几条小船。船上牵引着铁钯，从倒塌处向下游找了十多里，但一无所获。

　　一天，庙里来了个传经人。知道此事后，便笑着说："你们简直不晓得事物的根本原理！这石狮子又不是木头做的，怎会被河水冲走呢？石头是很重的东西，而泥沙松散，石狮沉落在泥沙上面，只会越陷越深。你们顺河到下游找岂不荒唐吗？"和尚们听他说得挺有道理，认为这是千真万确的了，可是，请人在沉落处挖掘，挖了很久，仍然没有踪影。

这时，有个老河工路过这里，看到这情形，问明石狮沉河的经过后，便笑着说："你们应当往河的上游去找。这是因为石狮坚硬沉重，泥沙松散轻浮。河水不能冲走石狮，相反，流水产生的反激作用，会将石狮下面迎水的地方的泥沙冲走。时间长了石狮下面的迎水面便出现一个小坑。这小坑越冲越大越深，到一定程度，石狮便会倒进坑里。经过不断反复，石狮便不断地滚动，历时十年，这石狮就足以滚到上游几里外的地方了。

和尚们见他说得如此恳切，便半信半疑地试着沿河向上游寻找。结果真的在上游几里外的地方找到了那两个狮子。

蜘蛛与战争

1794年深秋，法国拿破仑的军队，向荷兰发动进攻。

荷兰面对强敌，无力还击。为了应一时之急。打开了运河的水闸，企图用洪水阻挡拿破仑攻势。

荷兰这一决策，果然奏效。拿破仑见滔滔洪水，一筹莫展，只得命令撤军。

正当撤军之际，拿破仑的老师夏尔·皮格柳，突然命令停止撤军。原来，他发现蜘蛛正在开始大量吐丝结网，蜘蛛结网就是天气由阴雨转晴的预兆。

在当时欧洲的深秋季节，这意味着干冷天气即将来临。果然不久，欧洲大陆受到寒潮袭击。强冷空气横扫欧洲大陆，一时不可阻挡的洪水，一夜之间结冰封冻。法军踏着坚冰，蜂拥冲上了瓦尔河，攻占了荷兰腹地交通要塞乌德勒支城，顺利地完成了这场战事。

荆花杀人

清朝山东单县有个人在田里劳动，他的妻子送饭给他吃。吃完这顿饭，却突然死去了。

家中公婆都说是媳妇毒死了他们的儿子。于是，告了媳妇的状，媳妇忍受不了酷刑，只好屈打成招。

这媳妇被监禁之后，天竟然一直没有下过雨。当时，有个姓许的人到山东做官，他见人们到处祈雨，感到十分奇怪。于是，向有关人员询问道："这里有冤案吗？"许某从那些人身上无法得到正确的解答。便亲自审问囚犯，轮到那个媳妇，他心想：夫妻一起生活，希望白头到老。倘若要谋害丈夫，投毒杀人，一定十分秘密的，怎能在亲自送饭到田野时进行？

于是，许某向那媳妇询问起她原来所送的食物，及经过的地方。媳妇回答说："我送的是鱼汤和米饭，只经过一片荆树林，此外，没有什么特殊的地方了。"

许某听那媳妇这么说，忙叫人买鱼来做饭，把荆花放在饭菜里，拿猪狗来做试验，结果，猪狗吃了都死去。至此，案情真相大白了，那媳妇的冤情也随之洗雪了，当日大雨倾盆。

鲁班与锯

在春秋、战国交替的历史时期，我国出现了一位杰出的工匠，他就是公输般，因公输般是鲁国人。而且般与班同音。因此人们叫他鲁班。

鲁班家世世代代都是工匠，在这个勤劳的家庭里，鲁班从小就学会了多种手艺。他会盖房子，会造桥，会制造机械。会雕刻石头，而最突出的成就，是在木工方面。

据说，木工使用的锯子，就是鲁班发明的。

一次，鲁班参加建筑一座宫殿，要到山上去采很多木材。鲁班和徒弟们带着斧头。每天到山上去砍伐树木。可是，用斧子砍树，又累又慢，一连砍了十几天，砍下来的木料离需要还差得很远。鲁班心里十分着急。

有一天，他到一个险峻的山顶上去找木材，正艰难地往上爬着，突然手指被茅草拉了一个口子，鲜血直流，鲁班心想，茅草为什么这么厉害？

他忘记了伤口疼痛，聚精会神地研究起茅草来，仔细一看，原来茅草的边缘上长着又密又利的细齿。他用那些小细齿在手上划了一下，果然又一道口子。这使鲁班灵机一动。他想，仿照茅草的样子，用铁打成缘上有细齿的铁条，不是可以拉树吗？

鲁班即刻回去找铁匠帮忙，打了几十根边缘上带有小细齿的铁条。用这种铁条去拉树，果然又快又省力，只用几天工夫，就把木料备齐了。这种带有细齿的铁条，就是现在使用的锯子的原型。

地球引力

200多年前,英国有位叫牛顿的大科学家。

牛顿在科学上,有多方面杰出的贡献,而他最伟大的发现,是在力学方面,发现了万有引力定律。这一发现,与他小时候的寻常际遇是有密切关系的。

一天傍晚,牛顿坐在苹果树下,忽然有个苹果从树上掉下来,落在他的身边。

牛顿看见了,觉得很奇怪,他想:"这个苹果为什么会掉下来呢?"

"那一定因为太熟了。"他自言自语地说。

"可是,为什么苹果只向地上落下,却不向天上飞去,也不向左或向右抛开呢?"

牛顿发现了这一寻常而又不可理解的问题后，心中总是萦怀这一问题，于是，他专心去研究。后来，终于发现了苹果向下落的秘密，是因为地球有吸引力。

磁石吸敌

公元279年的一天，西晋派出一支3500人的精锐部队，去收复被鲜卑族首领树机能抢占的凉州。部队渡过淄水，很快进入凉州地界。

凉州城内的树机能手中统有几万兵马，自探子来报说，晋武帝司马炎将兵向凉州进发后，树机能早就分派重兵占据了险要位置和有利地形，并算好晋军可能撤退的路线，同时，埋设伏兵截断后路。

当天下午，晋军主帅马隆率部到达一个山口，他让部队停下休息。这时前卫哨兵来报："主帅，前面山谷道路窄，两旁山上看似埋有伏兵。"

"知道了。"马隆立即命令后续部队把偏箱车推到前沿分给各营，兵士们推着偏箱车继续挺进。突然，村机能的伏兵在两旁山坡上使用了箭和石块发起了进攻。可是，马隆军因有偏箱车遮挡飞箭流石，不仅安然无恙，而且还能边还击边前进。第一次战斗，树机能不得不宣告失败。

马隆让部队稍事休息后，即刻传令士兵到附近的某处运石头，把运来的石块垒在一条窄路的两侧。马隆料到树机能求胜心切，必定由此道来偷袭西晋军。马隆又让士兵换上犀牛皮盔甲。

西晋军刚换上犀甲，树机能的部队就赶到了。勇猛的鲜卑族士兵"哇哇"地冲了过来，可是，他们进入那条窄路后，一个个被两旁的石头吸住动弹不得。"汉人有妖术，汉人有妖术。"鲜卑兵大叫着。马隆士兵冲杀过去，却畅通无阻，一下子砍倒了几千鲜卑兵。在这场大战中，骄横的树机能也被杀死了。

原来，马隆对这里的地理环境进行过专门考察，了解

到这里有一种吸铁磁石。马隆即刻联想到，战场上的盔甲是铁铸的。若把石吸铁这一特点应用于战场上，必定会发挥出奇妙的效果。就这样，马隆一举收复了凉州。

洞中取球

北宋著名宰相文彦博，小时候爱踢皮球。

一天，文彦博与村上的小朋友在稻场上踢球。大家正踢得兴高采烈时，忽然，那只球被踢进了一棵古老的白果树树洞里去了。

一个小朋友捋起衣袖，身子趴伏在洞口，将手臂深深地伸到洞里，可摸不到底。

又一位小朋友赶回家去，拿着一根长长的竹竿跑来，可是，那树洞弯弯曲曲，怎么也探不到虚实。

又一位小朋友干脆向大人们求援，叔叔伯伯来了好几个，朝又深又黑的树洞望着，大家微微苦笑，面面相觑。

正当大家无计可施之时，文彦博叫道："我想出一个好

办法来了——各人回家去拿桶盆装水来!"

"好!好!"

你一桶,我一盆,直往树洞里灌水。

很快,树洞给灌满了水,皮球浮到了洞口上来。

蚂蟥医疮

　　元朝时，浙江义乌有位名医叫朱丹溪，他医术高明，为人正直。行医时，对穷人不惜花力气、赔药物，而对土豪劣绅则不轻易给他们开方用药。义乌镇上有个汪财主，生性刁恶。他后颈上生了个疮，请了许多医生都不见效，他知道朱丹溪的脾气，就扮作一个叫化子，躺在朱丹溪经常走过的路上。

　　一天，朱丹溪见一个"叫化子"在路上痛苦地呻吟，走近一看，见他颈后的疮口已经发青，充满瘀血，很为同情。心想：用针挑，只怕一时瘀血难以排尽，施药也不会见效。他左思右想，灵机一动，在水田里抓起三条蚂蟥，放到疮口上，只见那三条蚂蟥蜷曲了一下，便叮住疮口拼命地吮吸起来，眼见三条蚂蟥的身子越来越粗，病人的瘀血越来越少了。这时朱丹溪半开玩笑地说："你呀！好在是个穷叫化子，如果是个财主，为富不仁，那么医好这个疮，少说也得稻谷50石，说不定还得拖上两三个月才能收口呢。现在好点了吗？"

病人愉快地说："好了！"

七天之后，汪财主的疮口好了，叫人挑来50石谷子酬谢朱丹溪。朱丹溪这才恍然大悟，原来受了汪财主的骗了！不过，他还是心安理得地说："我能叫汪财主装叫化子，也不错呀！许多穷乡邻正需要接济，这50石谷子，不是来得合时吗？"

蝴蝶迷敌

第二次世界大战期间，希特勒派出大批飞机对列宁格勒进行狂轰滥炸，企图把列宁格勒变成一片废墟。但到头来，这座城市不仅没有被毁掉，而且连那些重要的军事目标，都安然无恙地保存下来。

这究竟是怎么回事呢？原来，苏军采纳了一名昆虫学家的建议，模仿蝴蝶迷彩伪装的原理，（蝴蝶翅膀的色彩和图案，在花草中能迷惑人或其他动物而隐蔽自己）对列宁格勒进行伪装。于是，全城军民紧急行动起来，对重要军事目标进行了伪装，同时还对市民进行紧急疏散隐蔽，当德军轰炸机飞抵列宁格勒上空时，根本找不到飞机场、火炮阵地、军火库等重要军事目标，只能瞎扔一气炸弹飞走了。

曹绍夔捉妖

从前，洛阳某寺庙里，有个和尚房中的磬，天天无缘无故自动地响起来。和尚以为是"妖怪"，吓得生了病。和尚请来道士作法捉"妖"，可是，一点效果也没有，"妖"没捉到，病也没治好。

这个和尚有个朋友，叫曹绍夔（kuí）是个音乐家。有一天来找和尚，问明和尚的病因，他就留心观察。不一会，寺里吃饭，撞起大钟。钟一响，房间里的磬就跟着响起来。曹绍夔想了想，恍然大悟。他开玩笑地对和尚说："你请吃酒，我保证给你捉到'妖怪'。"

和尚本来不相信曹绍夔的话，可是又实在被"妖怪"害苦了，于是只好让他试一试。第二天，办了酒席请他，曹绍夔吃完饭，不慌不忙地从怀中掏出一把铁锉子，把磬锉了几处。果然，这比什么"法术""符咒"都灵验，磬从此不再无缘无故地响了。

怪 雨

1804年，在西班牙沿海某地，突然降下了漫天的"麦雨"，那里有居民很快地从地上捡到不少粮食。原来，这是龙卷风破坏了摩洛哥的一处粮仓，并将它席卷到西班牙。

1940年一个夏天，在苏联的高尔基州巴浦洛夫区的一个村庄，随着大雷雨的降临，忽然从天上泻下来很多银币。雨后，人们捡到了数千枚中世纪的银币。这是由于陆上的龙卷风，恰好把埋有古代银币的泥土卷走，又把它带到这个地方来的。

愚顽篇

愚人食盐

古时候,有个愚人,到别人家做客。主人端上饭菜给他吃,他嫌饭菜味淡。主人听说,忙给他再加一点盐,这时愚人食起来,觉得味道特别鲜美。愚人暗想:饭菜味道那么鲜美,原来是盐的缘故;只有少许的盐就那么鲜美,如果多一点不是更好吗?这愚人一点生活常识也不懂,他一回到家里,便找盐吃起来。食后,胃口感到苦涩难受,想说也说不出话来,家人以为他着了邪,大家慌着,不知如何是好。

截竹竿

鲁国有个人，扛着一根竹竿进城。

走到城门口，这人犯愁了：竹竿太长，横着吧，进不去，竖着吧，也进不去。他左试右试，急得满头大汗，却一个办法也想不出来。

正在这时，来了一个老头儿。他踱到跟前，对着竹竿打量了几眼，这才捋着胡子，慢慢悠悠地说：

"怎么，这点小事就难住人了？我虽说不是个圣人，可什么世面没见？快去找把锯来，把竹竿截开，不就进去了吗？"

这个人真的按老头的话把竹竿截开拿进城了。

罚吃肉

古时候，有个将军，吃腻了大鱼大肉，一闻到肉味就恶心。他觉得天下最难受的事，就是吃肉了。

一天，将军领着军卒外出巡视，部下两个士兵忽然打起架来。将军大怒，喝令手下人把这两个士兵捆起来，然后派人飞马赶到营房取来一大盘肉，罚这两个士兵当众吃干净。将军骑在马上，得意地训戒说：

"大家都看见了吧，这是初犯，便宜了他俩，只让他们吃顿瘦肉；今后再有人打架，本帅非要罚他吃一盘肥肉不可！"

硬充好汉

有个人非常怕老婆，三天两头，就得挨老婆一顿打。

有一次，他被老婆打急了，就一头钻进床底下，死也不肯出来。

老婆手持鸡毛掸子，双手叉腰，厉声喝道：

"快给我滚出来！"

他在床底下壮着胆子说：

"我不出去！"

老婆怒气冲天，用鸡毛掸子敲打着床沿，大声说：

"你到底出不出来？"

他使劲蜷缩着身子，估计老婆打不着他了，就充起了好汉，大声答道：

"男子汉大丈夫'一言既出，驷马难追'，我说不出，就是不出！"

偷肉

有个厨子，长年在外干活，每逢人家有红白喜事，他总要偷块肉带回来，天长日久，就成了习惯。

到了年底，厨子回到家里，准备过年。除夕那天，他的妻子买了几斤肉，让他到厨房里切一切。他刚刚切完，就急忙拣了几块好肉，顺手揣在衣袋里。

他的妻子看见了，就骂他说：

"你瞎了眼！这是自己家的肉，你偷给谁？"

厨子愣了半天，这才明白过来，连忙把肉掏出来说：

"咳，顺手拿惯了，不是你提醒我，我倒真的忘了这是谁家的肉！"

夫人属牛

从前有个县官，贪得无厌。

在他生日的时候，下属们知道他属鼠的，为了巴结他，就合伙铸了一个金老鼠做寿礼，恭恭敬敬地送给他。

县官接过金老鼠，喜笑颜开，连连点着头说：

"好！好！难得你们一片盛情！"

送客的时候，县官一拱手，说道：

"再过些日子是我家夫人的生日，诸位请来喝杯水酒。我家夫人比我小一岁，她可是属牛的啊！"

让他猜

兄弟俩在路边玩,过来一位老公公,笑眯眯地问道:

"你们俩谁是哥哥,谁是弟弟呀?"

弟弟听见了,忙朝哥哥瞥了一眼,调皮地说:"哥哥,别告诉他,让他猜!"

老公公哈哈大笑起来,笑得眉毛胡子都在动。他一边笑一边说:

"不用猜,我准知道他是哥哥,你是弟弟。看样子,他最多比你大三岁。"

郑人买履

古时候,郑国有个人要去买鞋,事先他量好自己的脚,然后把量脚的尺码放在座位上。等到往集市买鞋时,却忘记带上尺码。

他看中了一双鞋,准备买了,但不知是否合适,也不会用脚去试,只恨自己没记性,就自责地说:"唉,我真没用,尺码却忘记带上来。"说罢,他丢下鞋子转回家去拿尺码。

等到从家里转回来,集市已散,鞋也就买不到了。

旁人问他:"为什么不用自己的脚试一试呢?"他回答说:"我宁信尺码,也不信自己的脚啊。"

刻舟求剑

古时候，楚国有个乘船渡江的人，他的剑从船上掉到水里去了，于是急忙用刀子在船边刻个记号，说："这就是我的剑掉下去的地方。"等到船靠了岸，他就从刻记号的地方下水去寻找那把剑。谁知船走了，剑却没有走，像这样去找剑，不也太糊涂吗？

赵人患鼠

从前，赵国有个人，家里被老鼠糟踏得没办法。于是，他到中山去借猫灭鼠。中山人给了他一只猫。

这只猫很会捉老鼠，但也爱咬鸡。一个月后老鼠被捉光了，但鸡也全被咬死了。这时他的儿子犯起愁来，对他父亲说："为什么不把这只猫赶走呢？"他的父亲说："这不是你所晓得的，我担心的是老鼠，不在于没鸡。若有老鼠，它就偷食我们的食物，毁坏我们的衣服，钻穿我们的墙壁，弄坏我们的家具，这样，我们就会忍饥受寒的，这比没鸡不是更惨吗？没有鸡，不吃鸡肉就罢了，离忍受饿寒之苦远着呢？为什么要把猫赶走呢？"

青蛙和牡牛

青蛙看见牡牛走近来吃草,它下决心要尽最大的力量来赛过牡牛的庞大。

你瞧,它是怎样的用足狠劲鼓着气,胀起肚子。

"喂,亲爱的伙伴,告诉我,我跟牡牛一般大吗?"它对它的同伴说。

"不,亲爱的,差得远哩。"

"你再瞧瞧,现在我可胀大了。呶,你瞧怎么样?我正在鼓出来吧?"

"我看差不了多少。"

"那么——现在呢!"

"跟先前一模一样啊。"

它始终赶不上牡牛的庞大，它的狂妄的企图超过了天赋的限度：它用力过猛，"啪"的一声胀破了肚子。

掩耳盗铃

从前有一个人窃到一只铜钟,他想背着逃跑,可是,这只钟比较大,不容易背。他一怒之下,拿起一个锤子想把这只钟捣毁,但他一动手,钟就发出了巨大的响声。

这个人听到钟响,怕被人发现而被逮住,于是,他连忙把自己的耳朵捂住,以为这样,别人就不知道。结果还是被人逮住了。

拔苗助长

有个急性子的宋国人,日夜盼望田里的稻苗快些长大起来。

有一天,他想出了一条妙计:到稻田去,把稻苗一株株地拔高了些。

他精疲力尽地回到家里,兴致勃勃地告诉家里的人说:"好累啊,辛辛苦苦地干了一整天!不过,田里的稻苗倒是都长高了好些了。"

他的儿子听说田里的稻苗长高了一些,连忙跑到田里去看。可是,糟得很,满田的稻叶开始枯萎了。

画蛇添足

有一个楚国人,将酒菜祭过祖宗后,便把一壶酒留给办事人喝。

可是,办事人很多,这壶酒到底给谁喝呢?老半天,决定不下来。有人提议,各人在地下画一条蛇,谁画得快,就把这壶酒给他。

大家都认为这办法好。

于是大家就地画蛇。有个人画得很快。转眼间,就画好了,这壶酒就归他所得了。这时,他抬头看看别人都没有画好,他便左手拿住酒壶,右手拿了一根树枝,得意洋洋地说:"你们画得好慢啊,等我再画上几只蛇脚吧!"

在他画蛇脚的时候,另一个人已经画好了,那人便把酒壶夺过，说道：

"蛇是没有脚的，你怎么画上了脚？第一个画好蛇的是我，不是你哩！"

那人说完，就端起酒壶喝了。

王皓找马

古时候,有个叫王皓的人,生性迟钝,办事不大聪明。

有一天,他骑了一匹枣红马,跟随北齐文宣帝北伐。晚上,把马拴在树旁过夜。这时,天气很冷,夜里下了厚霜,所以,枣红马身上也蒙上了一层白霜,变成了一匹白马。王皓早起一看,不见自己的枣红马,心里很吃惊。马上吩咐他的部下说:"我的马丢了,快去寻找!"

那知道,太阳一出,马身的霜化了,白马又变成了红马。王皓看到自己的马没有丢失,惊奇地说:"我的马还在哩。"

守株待兔

宋国有个农民，有一天，他在地里耕作，看见一只兔子突然飞跑过去正好撞到地边一棵大树的树根上，把颈子撞折了，死在树下，那个农民不费半点劳动，就拾到了一只兔子。

这农民自从拾到兔子后，就不再去种田了。每天坐在撞死兔子的树底下，等着拾第二只兔子。可是，等了许多天，再也不见第二只兔子来撞树。这个宋国人不但没有再拾到兔子，而且把田地也荒芜了，结果被宋国人所取笑。

瞎子问日

有个生来就眼瞎的人，不认得太阳的样子，于是去询问眼睛好的人。

有人拿来一个铜盘，敲了敲，告诉他："喏！太阳呀！是圆的，就像这个铜盘一样。"瞎子说："哦！原来这样，我知道了。"

过了几天，瞎子听见人家打钟，便问道："这不是太阳吗？"旁人说："不是。太阳还有光亮呢！像点的蜡烛那样。"同时，又拿蜡烛给他摸了摸。瞎子恍然大悟地说："哦，原来如此！现在，我明白太阳是什么样子了！"

后来有一天，他摸到一支短笛子，就当做那是太阳。

太阳跟铜盘、短笛子的差别也够大的了，可是瞎子不知道它们有什么不同，因为他从来没有亲眼见到，只是向家人打听得来的。

邯郸学步

从前,燕国寿陵有个小伙子,到赵国的首都邯郸去,看到那里人走路的姿势很美,就跟着学起来。由于他不懂得赵国人的生活方式,结果他不但学得不像,而且连自己原来的走法也忘了,只好狼狈地爬回去。

滥竽充数

战国时期，齐国国君齐宣王有一个嗜好，就是喜欢听吹竽，而且爱听庞大的队伍演奏。于是，他召集民间吹竽者，组成一个300多人的吹竽乐队。每天就让他们一齐吹竽，声音悠扬悦耳。齐宣王总是陶醉在竽乐中。

在这300多人的乐队中，有个南郭先生，他本来不会吹竽，但也混进了乐队。因为每次演奏，都是齐奏，他就躲在后面，鼓着嘴，晃着头，假装吹的样子，结果谁也没有发现他的假相。

齐宣王死后，他的儿子齐泯王继承王位，泯王也喜欢听吹竽，但他不喜欢齐奏，而喜欢听独奏。

有一天，齐泯王宣布以后不许齐奏，要独奏，让吹竽的人按顺序，一个一个吹。这时，南郭先生慌了手脚了，他看再也混不下去，便偷偷地溜走了。

鹬蚌相争

河边上,一只蚌爬上河滩,张开甲壳,正在舒服地晒太阳。

这时,一只鹬掠水而来,用尖尖的嘴啄食蚌肉。蚌感到异常疼痛,忙合拢它的壳,坚硬的甲壳像钳子一样夹住了鹬的嘴。

鹬和蚌谁也不肯罢手。

鹬有恃无恐地说:"等着瞧吧,今天不下雨,明天不下雨,你就活不成了。"

蚌反辱相讥说:"你的嘴今天拔不出,明天拔不出,早晚也要死。"

鹬和蚌就这样争执不休,谁也不肯相让。

不久，一只小船悠然而来，渔夫伸手把咬在一起的鹬和蚌抓了起来。

自相矛盾

矛和盾都是古代的武器。矛是用来刺人的长枪，盾是用来护身的盾牌。

有个人在市上叫卖矛和盾。

他先夸他的盾如何坚韧，他说："任何锐利的东西都刺不透它！"

接着，他又夸他的矛如何锐利，他说："它没有刺不透的东西。"

这时，一个人接过他的话问道："用你的矛，刺你的盾，怎么样？"

这一问，把那个卖矛和盾的人问得哑口无言。

东施效颦

春秋时期,越国有一个出名的美女叫西施,她目若秋水,情态迷人。

只是,西施身体有个弱点,患有心病,病疼的时候,她不得不皱着眉头,捂住心口。

与西施同村有一个丑女,偶然看见西施皱眉捂心的举止,显得那么娇柔,又那么令人青睐,就认为,这样一定很美。于是,也学着皱眉捂心。谁知她皱起眉头,捂住心口,一出门,人们见到都怕,有的人连忙关上门,不愿出门碰到她,有的即使在路上碰到她,也赶紧拉着妻儿,走远道避开她。

螳螂捕蝉

园子里有棵大树，树上有只蝉。这只蝉伏在高高的树枝上，一边振翼鸣叫，一边吸饮着清凉的露水，不知道螳螂躲在它的身后。

螳螂缩着身子，准备捕捉蝉儿，没想到一只黄雀已在它的身旁。

黄雀伸长脖颈，打算啄食螳螂，却不知道大树下有人拉开弹弓正瞄着它。

这三者，都是只顾眼前利益，而不顾其后患的。

杯弓蛇影

乐广任河南尹的时候,有一位来往密切的朋友。后来,分别很久,一直没有再来。

乐广前去问他缘故,那位朋友说:"上次在您那儿作客,蒙您设酒款待。我刚端起酒杯要喝,看见酒杯里竟有一条蛇,心里十分厌恶,喝了后就病了。"

当时,河南郡衙署大堂的墙上挂着一张角弓,漆画成蛇的样子。乐广心想,怀中的蛇一定是角弓的影子。

于是,他仍在上次饮酒的地方摆下酒席,又请那位朋友来喝酒。席间乐广问道:"杯中又看到什么东西了吗?"

那位朋友说:"啊呀,和上次见到的一样。"乐广听了哈哈大笑,他指着墙上的角弓,告诉朋友说:"酒杯中的蛇,就是它作怪!"接着,乐广把墙上的角弓取下,再叫朋友举杯瞧瞧,朋友举起杯来,左右端详,再也见不到那可恶的蛇影子了,这才恍然大悟,立刻消除了顾虑,积久的重病马上就好了。

州官放火

南宋的时候，有一个州官姓田名登。他有一个忌讳，就是不准属下官吏和百姓直呼其名，也不准写，即使同音字也不得用。倘若触犯他的名讳，必定受到怒责。

他的部下及兵卒因触犯他的名讳而被责打过。

元宵节那天，按民间风俗要放灯三天。为此，州衙门要提前发出布告，通知家家户户做准备。写布告的官吏不敢写"灯"字，因为"灯"与"登"同音，就这样写道："本州依例放火三日……"

布告贴出来后，大家一看，真是又好气又好笑："这不是只许州官放火，不许百姓点灯吗？"

胡须风波

清朝的时候，胡希吕主持江苏的科举考试。点名入场时，他认真地逐个查对面貌册。凡是面貌册填"微须"的，他一律作"无须"论，把那些嘴上留一些胡子的人通通当作冒名顶替，不许进场，吓得许多人连夜到理发店去剃了胡子。

有一个大胆的秀才不服气，胡希吕要赶他，他却赖着不走，并且反问道："请问大人，为什么要赶走我？"

"你冒名顶替！"

"为什么我是冒名顶替？"

"册上填的是'微须'，你却有须！"胡希吕声色俱厉。

"大人息怒。'微须'就是'有少须'嘛。"

"笨蛋，你的书读到牛肚里去了？朱注：微，无也。你居然连这也忘了？"学使大人气得连颌下那撮山羊胡须也发抖了。

"生员不敢。不过，照大人说，那么孔子微服而过宋，就是'无服过宋'了。圣人脱得赤条条地一丝不挂。这又成何体统啊！"话声未了，肃穆的大堂上下早扬起了一片忍俊不禁的笑声。

错杀爱犬

13世纪时，北威尔士王子列维伦有条忠实而凶猛的狗——盖勒特。

一天，王子出猎，留狗在家中看护婴儿。他回来后，看见血染被毯，却不见婴儿。这时盖勒特一边舔着嘴边的鲜血，一边高兴地望着他。王子大怒，抽刀刺入狗腹。狗惨叫一声，惊醒了熟睡在血迹斑斑的毯子下面的婴儿。

王子发现屋角躺着一条死去的恶狼。原来盖勒特为了保护小主人，咬死了恶狼。王子悲痛万分，把狗葬在自己的公馆里。

工匠搬家

从前，有一个读书人，左邻住着一个铁匠，右邻住着一个铜匠，每天打铁敲铜声，闹得他不能安心读书。

一天，他找铁匠、铜匠商量：他愿拿出一笔钱，请他们两位搬家。铁匠、铜匠都答应，并且表示当晚就"搬家"。

谁知第二天天未亮，丁丁当当的声音又响起来了。

农夫与僵蛇

一个农夫在冬天看见一条蛇,被冻僵了。他很可怜它,便拿来放在自己的怀里。那蛇受到温暖,回复了他的本性,把它的恩人咬了一口,农夫被害死了。农夫临死的时候说:"我是该死的,我怜惜了恶人!"

公鸡和珍珠

公鸡在肥料堆里搜索，找到了一颗小珍珠。

"这又有什么了不得？"它说道，"简直毫无用处。人类把它看得那么珍贵，好不愚蠢！依我看来，老实说，搜到一粒大麦，我要高兴得多：大麦虽然不及珍珠好看，然而可以吃饱肚子。"

狼和小羊

一只小羊,在大热天走近小河去喝水,它正好碰到一只饿狼在那儿徘徊。狼吆喝道:

"你好大胆子,竟用你的脏鼻子,把清水搅浑浊了!"

"狼大王,我是在离开你一百步的下游,怎么弄脏你的饮水?"

"这样说,倒是我撒谎了!你这混蛋!两年前,我从这儿走过的时候,你就站在这儿骂过我。"

"大王,我还不满一岁呢。"小羊答道。

"那么,一定是你的哥哥。"

"我没有哥哥,大王。"

"哦,那就一定是你的朋友,再不然就是你的亲属;总

之,你们羊类,还有你们的猎狗和牧人,都想谋害我。为解我心中的仇恨,我就要跟你算账!"

"可是,我哪儿得罪了你?"

"别废话!你以为我有闲工夫来细数你的罪状,小畜牲?你的罪状就在这里,我要把你吃掉!"

于是狼就把小羊拖到树林深处去了。

狼来了

从前，有个小孩子经常到山上去放羊。

一天，他觉得没有什么好玩，就对着山下大喊："狼来了，狼来吃我的羊了！"

正在耕种的人们，听到喊声，赶快冲到山上去。孩子见到一个个满头大汗，却大笑着说："你们受骗了，我是闹着玩的！"大家批评他："以后不要说谎了！"

过了几天，孩子忘记了大家的劝诫，又大声喊了起来："来人呀，狼要吃我的羊了。"大家又跑上山去，孩子捧腹大笑说："你们又受骗了！"大家非常生气。

又过了几天，狼真的来了，孩子很害怕，拼命地喊："大家快来呀，狼吃我的羊了！"

大家又以为他骗人，没有谁理他，结果狼把羊全部吃光了。

对对子

大约在30年代初，清华大学入学考试的国文试题有对对子一项。原题只有三个字：

孙行者。

要求考生对句，考生看了试题，无不大吃一惊，因为他们都是新式中学毕业，没想到会碰到这样的难题，只好乱对一通。于是《西游记》中的人名都写出来了，什么"唐三藏"、"猪八戒"、"沙和尚"，甚至有的一怒之下写了"王八蛋"三个字。这当然都吃了鸭蛋。只有一个考生以"胡适之"作对而得了满分。而标准的答案则是：祖冲之。

以姓氏"祖"对"孙"，以动词"冲"对"行"，以虚词"之"对"者"，十分工整、贴切。

盲目的结果

句章地方有一个农夫，最爱贪小便宜。有一天，他听见墙脚干草堆里有窸窸窣窣的声音，便伸进手去一摸，原来是一只肥肥的野鸡。他得了这一份意外之财，高兴到了极点。

第二天，干草堆里又有窸窸窣窣的声音了，他以为又是一只肥肥的野鸡送上门来，赶快伸手去摸，却被狠狠地咬了一口。

原来，那里面不是野鸡，而是一条毒蛇呢。